19 Décembre 84.

VENTE DU MARDI 16 DÉCEMBRE 1884

HOTEL DROUOT, SALLE N° 7

ÉVENTAILS

ANCIENS & MODERNES

FEUILLES PEINTES

MONTURES D'ÉVENTAILS

EXPOSITION PUBLIQUE

LE LUNDI 15 DÉCEMBRE 1884

COMMISSAIRE-PRISEUR

Mᵉ Paul CHEVALLIER

10, rue Grange-Batelière, 10.

EXPERT

M. Charles MANNHEIM

7, rue Saint-Georges, 7.

HOMO ADDITVS NATVRÆ
IMPRIMERIE DE L'ART

CATALOGUE

DES

ÉVENTAILS ANCIENS

ET MODERNES

En nacre, en écaille, en ivoire et en bois
avec feuilles peintes sur peau, sur satin et sur soie

MONTURES D'ÉVENTAILS

Feuilles d'éventails peintes par

DONZEL, GIMBEL, LANFANT DE METZ, ADRIEN MOREAU

A. MAYER, VEYRASSAT, ETC.

DONT LA VENTE AURA LIEU

Par suite de cessation de commerce, en vertu d'ordonnance

HOTEL DROUOT, SALLE Nº 7

Le Mardi 16 Décembre 1884

A DEUX HEURES

Par le Ministère de Mᵉ PAUL CHEVALLIER, commissaire-priseur

10, rue de la Grange-Batelière, 10

Assisté de M. CHARLES MANNHEIM, expert, 7, rue St-Georges

Chez lesquels se trouve le présent Catalogue.

EXPOSITION PUBLIQUE : Le Lundi 15 Décembre 1884

DE UNE HEURE A CINQ HEURES

CONDITIONS DE LA VENTE

Elle sera faite au comptant.

Les adjudicataires payeront *cinq pour cent* en sus des enchères.

L'exposition mettant le public à même de se rendre compte de l'état des objets, il ne sera admis aucune réclamation une fois l'adjudication prononcée.

Paris. — Imp. de l'Art. E. Ménard et J. Augry
41, rue de la Victoire, 41.

DÉSIGNATION DES OBJETS

ÉVENTAILS MONTÉS

1 — Éventail ancien, monture nacre dorée, peinture italienne très fine, sur peau.

2 — Éventail ancien, monture ivoire sculpté, peinture sur peau. Sujet Louis XV.

3 — Éventail ancien, monture nacre sculptée, belle peinture sur peau.

4 — Éventail en écaille et plumes d'autruche noires.

5 — Éventail en écaille et plumes d'autruche rouges.

6 — Éventail en nacre et belles plumes d'autruche roses.

7 — Éventail en écaille et belles plumes d'autruche ombrées.

8 — Éventail en nacre et plumes d'autruche bleues.

9 — Éventail en écaille et plumes d'autruche noires.

10 — Éventail en nacre et plumes crème.

11 — Éventail en écaille et plumes d'autruche noires.

12 — Éventail en nacre et belles plumes d'autruche roses.

13 — Éventail, genre ancien, en nacre sculptée et dorée, et feuille peinte sur peau, représentant Rébecca à la fontaine.

14 — Éventail genre ancien, en nacre sculptée et dorée, avec gouache sur peau, représentant Arnaud et Armide.

15 — Éventail en nacre sculptée et dorée, avec feuille de dentelle et médaillons peints.

16 — Éventail en ivoire sculpté, avec Amours peints sur la monture et feuille peinte à la gouache et en grisaille, sur peau, représentant un sujet Watteau.

17 — Éventail en nacre découpée à jour et dorée, avec feuille peinte à la gouache, sur peau, représentant la Naissance de Vénus.

18 — Éventail en ivoire et fleurs peintes sur satin crème.

19 — Éventail en nacre de perle sculptée, et feuille formée de très belle dentelle en point de Venise.

20 — Éventail en écaille et dentelle noire de Chantilly.

21 — Éventail en écaille et belles plumes d'autruche blanches.

22 — Éventail chinois, en vermeil et filigrane émaillé.

23 — Éventail en ivoire et feuille en satin crème, décorée de fleurs.

24 — Éventail en ébène et crêpe noir, décoré d'oiseaux d'or.

25 — Éventail en ébène et satin noir.

26 — Éventail en ébène et crêpe, décoré de fleurs.

27 — Éventail bois, décoré d'oiseaux.

28 — Éventail en ébène et satin noir.

29 — Éventail en ébène et satin décoré de fleurs.

3o — Éventail en os et satin, fleurs, bord dentelle.

3i — Éventail, bois iris, satin marron et fleurs.

32 — Éventail en ébène et fleurs peintes.

33 — Éventail en ébène, et giroflées peintes sur satin.

34-35 — Deux éventails en bois, et feuilles décorées d'oiseaux.

36 — Éventail en ébène et oiseaux peints.

37-38 — Deux éventails en os et feuilles décorées d'oiseaux.

39-40 — Deux éventails en bois d'iris et feuilles décorées d'oiseaux.

4i — Éventail en bois et peinture, oiseaux.

42 — Éventail ébène-épine, et fleurs peintes sur crêpe.

43 — Éventail en ébène sculpté, et Amour ivoire.

44 — Éventail en bois clair et feuille décorée de fleurs.

45 — Éventail en ébène, avec feuille décorée de fleurs sur satin.

46 — Éventail en bois et feuille représentant un paysage.

47 — Éventail en ébène et crêpe noir.

48 — Éventail en bois d'iris et feuille en satin décorée d'oiseaux.

49 — Éventail en ivoire, avec nœud dentelle.

5o — Éventail ancien en écaille et crêpe brodé.

51 — Éventail en nacre et dentelle riche.

52 — Éventail bois et crêpe blanc à fleurs.

53 — Éventail bois iris et crêpe à fleurs.

54 — Éventail en ébène et fleurs peintes sur satin rouge.

55 — Éventail iris, fleurs et oiseaux peints sur satin.

56 — Éventail bois iris et fleurs peintes sur satin rouge.

57 — Éventail en nacre et dentelle noire.

58 — Éventail en nacre et peinture sur soie.

59 — Éventail en nacre, burgau et dentelle noire.

60 — Éventail en nacre dorée et peinture.

61 — Éventail en nacre et peinture violette.

62 — Éventail en ébène et peinture sur soie noire.

63 — Éventail en ivoire et pierreries.

64 — Éventail en bois et étoffe.

65 — Éventail en nacre, burgau et peinture sur soie.

66 — Éventail en nacre et fleurs peintes.

67 — Éventail en nacre violette et peinture.

68 — Éventail bois gravé or et sujet marine.

69 — Éventail en ébène et fleurs sur satin noir.

70 — Éventail en ébène et broderie de soie sur satin noir.

71 — Éventail en os, décoré de fleurs sur satin blanc.

72 — Éventail en écaille et satin rouge à oiseaux.

73 — Éventail en ébène et satin noir uni.

74 — Éventail satin noir, fleurs iris.

75 — Éventail en os et insectes sur crêpe.

76 — Éventail chinois.

77 — Éventail écaille blonde et plumes blanches.

78 — Éventail satin bleu, bord plumes marabout.

79 — Éventail satin crème, bord plumes.

80 — Éventail satin rose, bord plumes.

FEUILLES D'ÉVENTAILS

81 — Donzel. — Bataille d'Amours; les blonds et les bruns. Peinture sur peau. Gouache.

82 — Donzel. — La Petite Mariée. Peinture sur peau. Gouache.

83 — Gimbel. — La Terre. Aquarelle sur peau.

84 — Lanfant de Metz. — Le Départ pour la chasse. Peinture à l'huile sur peau.

85 — Adrien Moreau. — Les Châtelains. Aquarelle sur peau.

86 — A. Mayer. — Vues d'Italie. Aquarelle sur peau.

87 — A. Mayer. — Golfe de Naples. Marine. Peinture à l'huile sur peau.

88 — Sussiani. — Les Patineurs. Aquarelle sur soie.

89 — D. Rozier. — Roses et marguerites. Peinture à l'huile sur peau.

90 — Veyrassat. — Retour des moissonneurs. Médaillons par Allongé. Aquarelle sur peau.

91 — Henry. — Fleurs variées. Aquarelle sur peau.

92 — Vergnes. — Oiseaux et fleurs.

93 — Vergnes. — Aquarelle sur peau.

94 — Vergnes. — Aquarelle sur peau.

95 — Vergnes. — Aquarelle sur soie.

96 — Inconnu. — Sujet Watteau. Gouache sur peau.

97 — Inconnu. — La Cueillette. Gouache sur soie.

98 — Inconnu. — Fleurs sur soie blanche.

99 — INCONNU. — Fleurs sur soie blanche.

100 — INCONNU. — Fleurs et petits paniers.

101 — INCONNU. — Oiseaux dorés.

102 — INCONNU. — Oiseaux et fleurs sur satin marron.

103 — INCONNU. — Comédie italienne. Peinture sur soie. J. H. L.

104 — Feuille en dentelle blanche, application Bruxelles.

105 — Feuille en dentelle blanche, point de Venise.

106 — Feuille en dentelle blanche, application Bruxelles.

107 — Feuille en dentelle blanche, application Bruxelles.

108 — Feuille en dentelle blanche, point à l'aiguille.

109 — Cinq feuilles en dentelle noire de Chantilly.

MONTURES D'ÉVENTAILS

110 — Monture de nacre blanche enrichie de bijou-
terie en or ciselé et rubis.

111 à 120 — Quarante-trois montures d'éventails en
nacre, en ivoire, en écaille et en burgau. Ce lot
sera divisé.